서너 백년 기다릴게

황금알 시인선 278

서너 백년 기다릴게

초판발행일 | 2023년 11월 27일

지은이 | 김소해
펴낸곳 | 도서출판 황금알
펴낸이 | 金永馥
주간 | 김영탁
편집실장 | 조경숙
표지디자인 | 칼라박스
주소 | 03088 서울시 종로구 이화장2길 29-3, 104호(동숭동)
전화 | 02)2275-9171
팩스 | 02)2275-9172
이메일 | tibet21@hanmail.net
홈페이지 | http://goldegg21.com
출판등록 | 2003년 03월 26일(제300-2003-230호)

ⓒ2023 김소해 & Gold Egg Publishing Company Printed in Korea
값은 뒤표지에 있습니다.
ISBN 979-11-6815-065-2-03810

*이 책 내용의 전부 또는 일부를 재사용하려면 반드시 저작권자와 황금알
 양측의 서면 동의를 받아야 합니다.
*잘못된 책은 바꾸어 드립니다.
*저자와 협의하여 인지를 붙이지 않습니다.
*본 도서는 2023년 부산광역시, 부산문화재단 〈부산문화예술지원사업〉으로
 지원을 받았습니다.

서너 백년 기다릴게

김소해 시조집

황금알

질문하고 답하고, 답하고 질문하고

시조의 길이라서…

무겁거나 가볍거나 질문들이 길동무다

길동무 있어 가는 길이 즐겁겠다

차 례

1부

2부

3부

4부

5부

1부

배롱 꽃

벼락처럼 피었다 벼락처럼 요란했다

벼락꽃 이름 얻어 뫼 기슭 지킨 나무

네 얼굴 소스라치게 핀다

이 바닷가 이 언덕

붉은 식사

눈앞에서 가라앉는 저녁 해를 놓치고도

매운맛 코다리찜 땀 흘리며 먹고 있다

저 해를

따라간 나는

돌아오지 않는데

언제 다시 물들어 이토록 깊어질까

하늘도 바다도 울먹이는 다대포 노을

돌아와

나 없는 나만 앉아

붉은 식사 붉은 무심

모를 일

나물 칼을 갈아서 마루 끝에 말리던 날

어린 눈에 반짝하던 맑고 푸른 칼의 눈빛

화살이 과녁에 끌리듯

손가락을 스쳤다

순식간 솟아나던 붉은 피를 감싸 쥐고

맑은 눈이 숨긴 뜻 그때 벌써 알았으련만

피나게 배워도 모를 일

세상 아직 모를 일

남해

탱자울 가시 둘러 위리안치 적소라 해도
천 리 밖 외로 앉아 유배 사는 섬이라 해도
들노래 흥으로 피는 나락이며 꽃이며

비탈언덕 다랑논 두렁길이면 어떠리
파도를 갈아엎는 비렁*길이면 어떠리
어디든 길을 내며 간다 그가 가면 길이다

물너울 동이 트는 만발한 저 웃음들
마늘밭 시금치밭 겨울마저 진초록
이마가 맑은 사람들 꽃섬 가꾸며 살고 있다

* 갯바위

도래샘

언덕 밑 도랑물 마르지 않는 샘이 있어

춥거니 덥거니 온도 매양 아랑곳없어

고샅은 길을 지워도

너는 솟아 길이다

어기차게 한세상 목마르면 돌아와라

누구는 이고 가고 등목하고 발을 씻고

떠나고 남은 집 두엇

함께 젖자 이 갈증

둔하다고 핀잔이다

안개비 뱃고동 소리 들뜨는 초라니
날궂이 도져서 끄는 대로 따라나선다
먼 곳을 그리워하는
몹쓸 병을 앓으면서

어디든 열려있는 바닷길 푸른 갈기
물너울 흰 포말이 출항을 부추긴다
닻줄을 감아올리는
뱃사람처럼 거친 숨

여비서 AI에게 해답 있나 물어본다
모험이 붐비는 질문, 오답을 내놓고도
날더러 언어 감각이
둔하다고 핀잔이다

우리 동네

장미주택 동백연립 먹히고 말았으니

이름이 고운 탓에 너무 다정한 탓에

굴삭기 요란하더니만 느닷없이 서슴없이

구구단처럼 숫자들을 외워도 좋았을걸

오므린 혀 궁굴리며 중얼대도 좋았을걸

뜻 모를 낯선 이름들 사다리를 높인다

먹혀서 사라지면 사라지게 두자는 듯

사라져 잊히면 잊어두고 살자는 듯

대단지 아파트 고층들 저녁 창이 저리 밝다

화들짝 꽃밭이라

첫새벽 계단을 뛰는 나팔꽃 붉은 소란

스무 송이 서른 송이 한꺼번에 왁자지껄

첫이란 동녘 하늘에

반나절이 짧아서

벨벳빛 첫인사 전할 곳을 찾는 당신

갓 건진 첫 마음을 받아 읽는 잠시 순간

내 안의 가시울타리

화들짝 꽃밭이라

하지감자

악보에 담지 못한 노래가 여기 있네
어매의 어매로부터 그늘이 물든 소리
내딛는 걸음걸음이
그냥 그대로 화음이던

문자보다 음표보다 먼저 태어난 노래여서
아리랑 굽이굽이 일렁이는 마음이던
완창도 절창도 아닌
시작도 끝도 따로 없던

감자밭 감자두둑 알이 굵은 까닭이사
밭고랑 호미질에 노래가 얹힌 때문
가시고 한참 후에도
알은 여직 굵어 있네

찔레꽃 명당

보름의 달밤인데 찔레의 봄밤인데

늦도록 늦은 밤 나는 아직 길에 있네

몰라라, 얼마나 멀리

언제 그렇게, 그러게

시냇가라 했던가 바닷가 어디쯤

정자 하나 짓겠다고 필생을 다 놓치네

바람도 잠들지 못한 길

서너 백년 기다릴게

산나리꽃

새가 되려 했던 꽃이 있다면 믿을까요

고향에선 날아가는 새, 비새라 불렀으니

갈래 진 꽃잎을 보면 날아갈 듯 날개지요

주근깨 점점 박혀 날기에 흠이라면 흠

이보다 더 붉을 수 없는 마음은 붉어서

너, 나랑 뒤란에 앉아 고개 숙여 피던 꽃

큰북

새끼 잃은 어미 소 그 울음을 들은 적 있다

들어 올린 북채가 화음을 치는 순간

가슴팍 소 한 마리가

길을 잃고 헤맨다

둥근 방점 쿵쿵 찍는 오케스트라 큰북 한 채

악기란 악기 소리 품어 안는 우렛소리

저음의 깊은 울림은, 텅

저 소의 빈 가슴이다

11월

창문 밖 풍경으로 가을이 지나갑니다

그저 그런 나날 같은 계절의 겨드랑에

눈인사 그마저 없이

수북수북 밟히는 낙엽

부르고픈 이름들 단풍잎에 적어 넣고

받아든 붉은 감 단물 소리 깊어질 때

이대로 맑은 침전물

켜켜이 쟁입니다

그 어느 연대기쯤 후생대에 발굴되거든

은행잎을 사랑했던 그만큼의 사랑으로

할 말을 놓친 여백을

거기 무늬 넣어주세요

2부

굴

돌에 핀 꽃 석화, 할머니가 부른 이름

시장한 탁발 스님 요기 한 점 했기로서니

살생은 무슨 살생이랴

꽃잎 하나 땄을 뿐

실금

무엇에 부딪혔나 마을 앞 방음유리벽

충격의 중심에서 사방으로 퍼진 실금들

저녁놀 얼비친 구름 일순간에 흩어졌다

화폭의 밑그림은 돌멩이가 그린 동심원

새들이 날아간 자리 엇각들의 반짝임

상처도 보석이구나 빛들이 산란할 때

얼음새꽃

잔설 헤집고 피어나는 꽃이라 한다
살얼음 녹인다는 열꽃이 몸으로 피어
누구든 반기지 않을까 등불 환히 켜들면

어린 미소 꽃말은 행복이라 하였으니
오로라 초록 치마 꿈꾸며 웃고 있는
입춘절 여린 어깨를 기대 짚고 일어선다

진눈깨비 날리는 궁금한 적막 세상
이불깃 당기며 문을 닫는 꽃샘추위
찬바람 들치는 내 방 노란 꽃이 들여다본다

둘ᄒᆞ 노피곰 도ᄃᆞ샤

귀뚜리 울음을 줍는 저녁이 늦습니다
채널을 맞추세요 지직이는 소음뿐
떠날 때 미쳐 못한 말
어긔야 어강됴리

모두들 집으로 가는 발자국 소리 저물어
이번 저자 헛돌아 다음 장을 기다려도
눈썹 위 솟은 안테나
안부를 묻습니다

산마루 보름달을 등불로 걸었으니
행상 길 젖은 길에 서걱대는 바람 갈피
단풍잎 낱장마다 소식
주파수를 맞추세요

세진교를 건너는 가을

먼지가 쌓이는 방

죄 같은 먼지, 먼지 같은 죄

할 수 없이 죄 많은 나날

계곡물은 희고 맑아서

돌다리 하나만 건너도

단풍하늘빛 얼굴들

소라계단
— 동광동

소라고둥 둥근 속을 걸어본 적 있었지
긴 통로 비탈길 돌고 돌아 올라오는
길이야 미로일망정 올라서면 전망 좋은

닿을 곳 갈 곳 없이 사십 계단 피란 시절
그런 때 그럴수록 연서 같은 악보가 있어
못 잊을 경상도아가씨* 기타선율 다시 듣는

돌계단 소라계단 성긴 길을 걸었지만
이제 와 생각나는 막걸리 파전 냄새
벼랑은 집들을 업고 저녁 창을 밝힌다

* 1951년 박재홍이 불렀던 인기가요 '경상도아가씨'

이것!

세 줄짜리 시 쓰느라 냄비를 태워버렸네

공들기로 치자면 석 줄이나 열 줄이나

아무리

헐하더라도

냄비값은 되려나?

밤나무 꽃필 적에

꽃문 앞 벌떼들 부산스런 구름 발자국

얼마큼 채웠나 밤꽃들 햇볕작업량

검침반 검침원처럼

더듬이가 바쁘다

벌어진 댓 그루가 천 평 유혹이라

들고나는 문지방 닳을수록 닳아야지

일벌들 짊어진 꿀통

즐거워라 노역 한철

길의 순장

그 노인 떼기밭 길과 한 몸이던 거기

기다리던 발소리 산으로 가셨으니

적막에 귀 열어놓고 길도 따라 길을 버린

안타까이 우거지는 쇠뜨기며 패랭이며

조문이듯 위로이듯 순장을 덮어준다

풍장도 마다않아서 산이 되는 비탈길

처서

바람이 길 바꿀 때는 마음에 집 지을 때

해거름 내 안마당 산그늘 짙어온다

곡절曲切에 길을 놓치는가

오던 길 가는 길

까칠하게 모가 서던 억새풀도 숙어지고

날 새자 쓰르라미 저녁 들자 귀뚜라미

씻느라 철썩이는 밤낮

울음 가득 노래 가득

젓가락질이 서툴러서

젓가락질 서툰 나는 밥알을 자주 흘렸다

예의 없이 흘린 밥에 새들이 날아들어

군말을 흘리는 입술

입술만 삼키고

메뉴도 식욕도 없이 새털구름 차린 식탁

거짓 은유 간 맞출 때 명시라고들 하였다

서투른 젓가락질은

여전히 서툴건만

술래들의 저녁 시간

별 하나 잡으려고 잠을 팔아 종종댄다
작은곰 큰곰자리 밤하늘 헤매면서
황소좌 독수리좌는
매양 찾지 못한 채

이문 없어도 전을 펴는 노점상 불빛 아래
붐비는 상가대로, 술래들의 순례길
과녁을 눈앞에 두고
화살 자꾸 빗나가는

당신 아직 나와는 눈 맞추지 못한 신성新星
몇 광년 멀리 있는지 꿈꾸기도 감감하여
잔업에 저녁을 놓친다
표정 서툰 너와 나

초록 열차

봄 볕살 내려앉은 제비꽃 실뿌리에

까치집 높이 얹힌 느티나무 우듬지에

초록 물 실어 나르는 물관부 레일에는

얼었던 들판을 깨워 기차가 달려온다

터널에 갇혀 우는 나를 뚫고 달린다

곁가지 닿은 역마다 허공에도 꽃이 피며

종착역은 어디든 바닷가면 좋았지

낯익은 이름들은 초록으로 와서 좋았지

부산항 혹은 목포쯤 푸른 기적 울리던

도마뱀 꼬리를 자르고

밭고랑 호미질에 꼬리 자르고 도망가던

도망은 가더라도 제 살을 자르다니

얼마나 다급했으면 아픈 줄도 몰랐을까

구조조정 찬바람은 바닥에 먼저 불어

명함은 없더라도 꽃잎같이 내걸었던

사랑네 분식점 간판 그 덕으로 그나마

그나마 그 덕으로 네 식구 따스한 둥지

이마저 시샘하는 역병, 금줄을 둘렀다

도마뱀 꼬리 자르듯 간판을 내린다

3부

누에고치

우화를 꿈꾸며 육탈의 실을 뽑았다

눈부시게 하얀 집이 저를 가두는 암실

날개를 버리고서야 명주 실타래 비단 한 필

미완으로 세운 집

지붕 없이 집을 짓던 아버지는 붕새셨나
비바람 들치는 줄 하늘 뚫린 줄 모른 채
철없는 다섯 아이들 철없이도 잘 자랐다

가끔씩 옷이 젖어 추운 때가 있었지만
애창곡 날숨 가락 바람인 줄 알았다
들다가 쏟아져버린 소주인 줄 알았다

젖지 않는 날개옷은 없는 걸 알면서도
우주를 덮을 만한 남아있는 외투 한 벌
여지껏 짓는 중이다 미완으로 세운 집

달빛공장 완월동玩月洞

보름달 첫 문장을 완상하는 달의 동네
유곽의 집 나를 헐어 마주한 언덕바지
섣불리 손댈 수 없어
재건축이 밀다 놓친

기미 낀 골목벽화 마른 꽃잎 다시 피워
창녀는 아니지만 어쩌면 광녀같이
불현듯
잃었던 밤을
낡은 꿈을 수선하는

수선공장 톱니바퀴 어둠을 잘게 썬다
당직근무 달그림자 낮의 뒤를 살핀다
녹이 슨
돌쩌귀마다
기름때를 닦으며

봄밤

진달래 붉은색에 질정 없이 마음 붉어

창틀에 앉아 쉬는 달에게 와인 한 잔

쨍그랑, 잔 부딪는 소리 달빛 부딪는 소리

여기는 명당

아파트 이 부지는 공동묘지 터였다지요?

불길한 집터라고 불안한 앞집 새댁

남향의 아늑한 둔덕 이만한 택지 드물죠

혼령들 주거단지 풍수 오죽 살폈으리

눈치 빠른 새소리가 청정을 보증한다

삼강에 오륜을 다한 곳 여기 벌써 명당이죠

e편한
— 엄마 생각

이십 층 마을이면 꽤나 큰 산골동네
수직 골목 오르느라 숨이 차고 멱이 차겠다

꼭대기 맨 끝집까지 단숨에 닿는 엘리베이터

물동이 이고 가다 옷이 젖던 젊은 엄마
연탄불 꺼질까 자다 깨던 걱정 엄마

e편한 아파트 세상 e편한 골목길

가을 브레이크

한 손은 운전하고 한 손엔 샌드위치

앞으로만 달리는 그 길에 브레이크

우수수 가로수 은행잎들

앞 유리를 덮는다

교차로

태양을 좇아가는 사람들 모여간다
아는지 모르는지 서쪽의 방향이란
펼쳐진 사막길 초원길
당신마저 엇갈리던

진열장 진열품처럼 골라잡지 못할 것이
마네킹처럼 주는 대로 웃으라면 웃는 것이
연필도 굴리지 못할
굴러가지 않을 것이

사지선 답이라면 찍기라도 하겠지만
외등 없는 자갈길 놓인 길을 꽃길 삼아
서녘 길, 노을은 펼쳐놓자
뭇별을 띄워놓자

바람과 함께 사라지다

사랑이 어떤 건지 얘기 좀 해봐 줄래?
센텀시티 첨단 역에 엉엉 울어도 되는 걸까
최신 폰 스마트차림
욕을 치는 저 아가씨

사라진 그 시간의 파일을 복구하느냐
둔덕밭 억새 태우듯 지난날은 불 질러라
타다가 남은 고갱이
그마저도 태워라

울어라, 울어서 풀릴 거면 실컷 울어라
어깨 한 편 기대어볼 모서리가 없거든
내일은 내일의 태양*으로
장미꽃을 피워라

* 영화대사

팬fan팬pen

문장에 타박 맞고 시에 패배하던 날

우산에 떨어지는 빗소리가 욕 같더니

연못가 너럭바위에 몰려오는 청중들

붉은 잉어 검은 숭어 열성 팬들 법석이다

벌레 먹은 나뭇잎 시집 들고 있는 날더러

시 한 편 낭송해 달라 아우성의 저 입들

한 끼 식사도 아닌 미안이 덜컹거려도

신발이 벗겨진 자리 마음이 미끄러져도

이만한 팬들 있으니 다시 또 찾는 팬

삼월에는

열린 창문 앞에서 하모니카 부는 나절

커피 향 어지러운 건 봄을 맞는 예의라서

난반사, 햇살들의 춤

화가는 꿈을 그리고

시계는 쉬어가게 나무 끝에 걸쳐두자

시간이 먼저 부풀어 비비새를 따라 날고

구름이 발효하는 계절

꽃눈마다 수다스런

울음학

울음에도 학學이 있어 크게 울수록 효과란다

사랑을 가르친다며 나를 흔드는 왕매미 열창

저토록 귀청 찢는 울음

들어본 적 아직 없다

여름 숲을 흔드는 너울파도 아우성

이만큼 악다구니 이만큼 떼거리면

떠나간 서운한 당신

돌아오고 말았을걸

가난한 그늘

간판들 가린다 가지들을 잘라내라

움츠린 가로수 미안하게 서 있다

잘리고 남은 그늘이 가난하게 엎뎌있다

밤의 주차장

먼 지하 삼층까지 찾아드는 바퀴들

그마저 빈자리 없어 후진하는 그림자

한낮의 대차대조표

24시의 대차대조

트랙을 종일 돌던 질주를 멈추고

시동을 끄고서도 울려오는 휴대폰

뜨거운 하루가 잠시

눈꺼풀을 내린다

달빛만 축내지

휘파람 부는 일은 귀신을 부른다며

아재를 나무라시던 어린 시절 할머니

그 말씀 맞긴 맞는갑다

신내림 없어 시 안 되는

휘파람 불 줄 몰라 귀신도 아니 오고

시 마중 길목 찾아 달밤을 쏘대는데…

몹쓸 짓, 쏘댄다고 오나

달빛만 축내지

4부

운석

별들도 꽃 지듯이 질 때가 있다더니
은하군단 어느 성좌 방황하다 헛디딘 발
중력에 끌려 눈멀어
부딪히고 부서지고

달이나 금성 어디 잦아들다 놓친 길을
행성 아닌 가슴으로 화살 파편 날아왔다
시간 밖 광년을 달려
마침내 닻 내린 곳

회오리 모래바람 멀고 먼 후생까지
검은 돌 하나가 나를 향해 질주했다
내 안의 마른 와디wadi에
비 내린다 눈 내린다

봄 편지

눈 녹자 흙을 만지는 순진무구 저 사내

부여족 어여쁜 아내 물동이를 빚을거나

거기에 무늬를 넣어

즐문토기 머릿결

얼레빗 결을 따라 가지런히 아침을 빗어

눈웃음 마주치자 치마 펼친 얼레지

너, 벌써 한가득 찰랑

이고 오는 천지간 안부

입양

소쩍새 솥이 적어 배곯은 밤을 운다

노랑머리 엄마는 싫어 세 살 아이 울음 길다

무소식 희소식이란 말, 훌쩍 자란 보름달

다정국수

대학가 식당 골목 멸치국수 먹고 있다
헐하게 천국 맛을 김밥천국 여기에서
사장님 하시는 말씀
부부세요 두 분?

이십여 년 간극을 부부처럼 다정인가
부녀간 함께 늙어 그 말도 천국 같다
간편식 편한 식사가
꽃 너울 레스토랑

국숫발 웃음발이 어울려 다정국수
시린 어깨 그마저 따사로이 풀려서
국물도 칼칼하여라
봄날 한때 환한 날

보리밥집

강남제비 돌아오는 그 길이 너무 멀다

시침 따라 더딘 걸음 이만육천몇 바퀴

아직껏 오는 중인가

보리밥집 그 간판

고래

영취산 앞자락 장경각을 오르던 날

내 안으로 몰려오는 고래들 보았다

여기가 심해의 가장자리 등뼈 세운 물마루

앞서거니 뒤서거니 능선에 능선들이

흰 포말 안개 속을 혹등고래 대왕고래

겹겹이 헤엄쳐오는 산마루들 보았다

삼천포

갈 곳도 딱히 없이 차표를 또 끊었다

파문 지는 출항지 행선지를 찾다가

우기를 견디는 어디

햇살 좋은 항구를

시인의 어매가 팔던 생선 함지 앞에서

돌아올 찻삯만 남기고 노을을 지불했다

젖은 몸 말린 값으로

금화 열 냥 후한 노을

케인*

새 한 마리 나는 일이 그냥인 줄 아십니까
꽃 한 송이 피는 일도 혼신의 일이라서
무대에 나를 세우는 아찔하게 벼랑입니다

늦도록 오지 않는 답장을 기다리다
걷거나 뛰거나 흔들리거나 더듬대거나
그대로 미소를 담아 짓이거니 춤이거니

누구든 한 번쯤은 만나고 가는 세상
토슈즈 벗어두고 마루가 받는 맨발
거기에 초성의 발음 지상입니다, 어머니

* 장애인과 함께 구성한 현대무용단

묻지 말자

비단 필 되고도 남을 젊음의 높은 값을

장터를 서성이다 엿이나 바꾸었다고

오는 밤 가는 날들이

안쓰러워 떨더니만

그래, 그런 엿이라도 대끼고 치대다 보면

수수엿이 쌀엿 되어 백합꽃마냥 부시리

놓치고 위대한 젊음

값을 따져 묻지 말자

부싯돌

돌 속에 숨은 불을 꺼내려 하는 사내

때리고 부수고 비비다가 마침내

제 몸 다 찢기기 전에

그예 타는 불의 날개

태풍

썰물이 쓸지 못해 수평선에 걸린 낙서들
갯물 중력으로 묻어둘 수 없던 걸까
짠물에 숨죽지 않은 게으름과 수다들

파도 모르게 숨겼지만 회오리가 들춰낸다
미루다 잊어버린 조가비에 빚진 인사
떠돌아 쓰레기 되어 여기 온통 부끄러운

하중을 견디다 못해 손을 놓아버렸나
체증기 끓는 속을 새도록 비우는 바다
창유리 흔드는 서슬에 젖은 내가 더 젖는다

계산 없이

빈 화분 두어 개를 땅이라 섬기고 있다

모종값 계산 없이 기껏 상추 몇 포기

놔두면 죄 될 것 같아

흙에게 죄만 같아

구렁도 꽃밭이네요

갯물의 전생은 소금이라 했다지요
조수가 거듭 치던 풍화의 퇴적물들
침묵이 소금 포대다
거친 파도 무릎 꿇린

사는 게 그다지도 짜기만 했을까요
어머니 시집살이 소금밭이라 하시더니만
할머닌 며느리 모시기
소금 기다리듯 하셨다지

짠물을 양식으로 퉁퉁마디 자라난다
젖은 앞섶 아우르며 말리느라 눈부시던
구렁도 꽃밭이네요
소금창고 소금꽃

죄

비스듬 양지 녘에 문득 솟은 빌딩들
밤이 밤을 모르게 하늘 아래 밝은 창
집들이
웃음소리가 와인 잔을 돌릴 때

잔치는 푸짐해도 초대받지 못한 원주민
처마 낮은 햇살마루 닦고 산 게 죄였나 봐
헐값에
밀려 나간다 허리 굽은 노인 몇몇

채송화 피고 지고 앉은자리 삼십여 년
이웃사촌 들락날락 웃고 산 게 죄였나 봐
하고한
눈 밝은 꿈을 눈치채지 못한 죄

5부

반 고흐의 해바라기

태양을 사랑하여 태양이 되려 했나

태양만 닮은 꽃을 그리며 그리다

백송이 채우기도 전

스스로 태양이 된 사람

청동거울

가야 여인 그녀는 신탁의 여제였다
거울을 높이 들어 해를 부르는 여자
뜨거운 침묵에 닿아 저가 저를 태운다

어둠을 맑게 닦아 하늘과 내통하느니
받아 적은 천문은 다뉴세문에 채웠다
섣불리 읽으면 안 돼 빗금 치는 가슴 안쪽

저녁노을 숯불은 풀무질에 붉게 타고
담금질 매질 소리 거느린 청동의 나라
동심원 거기 숨긴 별자리, 뻗은 팔 내릴 수 없다

풀*을 다시 읽다

부산항 지게 노동자들 항의 시위 본 적 있다
하루 세 끼 혹은 한 끼, 벌이가 그러해서
크레인 저 위용 앞에
부질없는 줄 알면서도

밥 앞에 자유로울까 누가 욕을 던지나
먹고사는 변천사는 서성이다 놓치고
밑바탕 밑돌이 되어
놓인 자리 지탱하던

IMF건 역병이건 몸으로 맞는 회오리
남 먼저 누웠지만 늦게까지 못 일어난
이런 비 저런 바람에
쓰러진 풀 아직 운다

* 김수영의 〈풀〉

78

오자미놀이

1

불룩한 바구니가 장대 높이 청군백군
콩 주머니 맞고 터진 오색종이 줄줄이 사탕
운동장 가득한 함성 쏟아지던 선물들

2

마을버스 들어와 봄을 마구 풀어놓는다
팥 주머니 맞은 벚꽃
펑펑 터져 진달래 터져
뒤따라 초록 잎들이 우르르 쏟아진다

3

풍선만큼 부풀어 바람 든 나를 터트린다
내 안에 숨겨놓은 뒷면이 흩어진다
오자미 맞은 아픔 너머 그제야 보이는

즐거운 꽃밭

원고지 가슴팍이 과녁이다 화살아
명중을 부추기면서 바람은 어찌 드세야
빗나가 미끄러지며 피가 배여 스며 나는

꼬리깃 떠는 자리 획 하나 떨리던 곳
바라보던 잔별들 눈을 감고 말더라도
붉은 맛 감별하는 시 날비린내 은유는

부러질 듯 그러나 부러지진 말거라
물소리 바람 소리 잦아지고 저문 후에
칸칸이 즐거운 꽃밭 내 문장의 상형이다

카사블랑카

하얗게 지운 기억 잊는다고 잊힐까
눈에서 눈으로 명화 한 폭 남겼지만
약속은 배신 같아서 그런 날은 비 오는 날

빗물에 쓸려오고 쓸려가는 젖은 글씨
남은 건 백지 한 장 백지 같은 마음 한 장
거기에 피는 꽃 한 송이 사랑은 꼭 그런 것

마지막 빈자리 무엇으로 채울까
아름답다 그런 말은 빛바랜 옛 그림
여백을 가득 채우는 "당신 눈동자에 건배를"*

* 영화대사

아폴론동호회

얼굴과 목소리는 오선지에 들어있다
영자 옥자 불러주던 단발머리 리듬으로
건반을 뛰어 건너는
계절들의 발자국

일상이 벼랑일 때 음색은 더 고와서
월력의 갈피 사이 메아리를 보낸다
리라를 켜는 손가락
우리 한때 들끓던

젊음은 가게 두고 가슴만 뜨겁기를
반음으로 부른다는 게 온음인 그대로를
사랑해, 음정을 놓치면서
숙자 명자 파랑波浪 치는

섣달

가장 긴 그림자를 맞이하여 들이는 달
별자리 따라가던 생각이 저문다
일기장 흰 여백 사이 새 발자국 글씨들

병실의 시계처럼 가도 가도 자정만 같던
깜깜 몇 날 며칠도 그냥 깜깜은 아니어서
저녁의 식탁을 차린 산다화를 품은 꽃병

등불을 밝혀놓고 기다리는 발소리
에움길 먼 길을 돌아오는 나를 위해
심지를 돋우어가며 기름 더 채우는 달

다시, 채석강에

못다 한 고백 한 줄 끝내 숨기고 말았지만
없는 듯 감출수록 내가 깊이 스며들어
눈 감은 아찔한 시간 서해바다 붉은 노을

웃음의 낱장에는 재운 꽃잎 마른 지 오래
통증 긴 날숨들숨 잦아든 지도 이미 오래
끝내는 열 수 없는 책 띄워 보내지 못할 책

보채는 저 파도 다시 치는 건 아쉬움 때문
모래 아닌 바위벽에 할 말 아직 맵기 때문
잊었던 기도문 몇 줄은 영영 찾지 못했지만

펜플룻을 부는 인디언

피리를 불더라도 열 개나 스무 개쯤
갈비뼈 갈래마다 날숨 깊은 바람 소리
그 소리, 꽃과 열매가 핀다
한 나무에 한꺼번에

가진 건 한 개뿐인 내 피리도 불어본다
어디에 닿지 못할 가엾은 소리지만
늑골을 울리고 나온 그것만은 닮아서

샌디에고 관광지에 검은 머리 검은 눈동자
몽고반 흔적 멀리 친근감은 나도 집시
다 낡은 마음 고르다
순간, 깃털이 새로 돋고

질문들

검은 물감 쏟아진 듯 질문들이 어둡다
목적지 방향을 놓친 당황이 묻고 있다
표지판 글자들마저 화살표가 흔들리고

늦은 밤 고속도로 멈출 수도 없는 일
전조등 낡은 빛을 가파르게 붙잡고
앞선 차 이어 달려도 경로이탈 경고음

잘 닦인 길이 많아 헷갈리고 허기진다
섣부른 운전자는 비포장 기억으로
찾는 길 내 안에 들어 물음들이 얽힌다

냉장고 그녀

말라가는 산세배리 살리려 그러는가

낡아 천더기가 물을 자꾸 흘려보낸다

이십 년 부려 먹혀도 무덤덤한 그녀는

지친 그녀 몸에서 가랑잎 소리 난다

냉동에서 냉장으로 냉장에서 다시 냉동

한가득 채우는 공간 넘어서는 한계치

누가 여기 물을 흘리나 냉동에 금이 갔나

빙벽 같은 그녀 가슴 금 가는 중얼거림

오래된 눈물 흐른다 냉장고가 울고 있다

장다리꽃밭 나비들

징그런 애벌레가 하늘 날아오른 값

꽃가루 이 꽃 저 꽃 나르느라 종일 바쁘다

여린 잎 갉아먹은 죄 사회봉사 복무 중

해설

그늘에 물든 노래를 찾아

정 수 자(시인 · 문학박사)

　시인은 어디를 향하는가. 무엇을 찾고 살피고 헤아리고 그리는가. 무엇에 더 아파하고 무엇을 더 애달파하는가. 그러고 보면 시인은 누구보다 '귀 기울이는 가슴'(다이앤 에커만)의 소유자. 별난 감각의 촉수와 주파수로 세상만사의 청진에 나서는 참으로 고단한 존재다. 하지만 남다른 시적 발견으로 고유의 시적 영토를 넓혀야 살아남는 쇄신의 운명을 택한 사람. 일찍이 아르튀르 랭보 Jean Nicolas Arthur Rimbaud가 시인을 견자見者라고 명명했듯, 새로운 발견의 욕망을 끊임없이 밀고 나가야 자기 세계 구축이 가능하니 머물러 있을 수가 없는 것이다.

　김소해(1947~) 시인은 그런 여정 중에도 정형의 난망을 조화롭게 타넘고 있는 중진이다. 그러는 동안 시인이 더 기울여 찾고 공들여 그려온 것들은 낮고 외지고 뒤처진 삶의 고샅들이다. 어딘가 그늘이 깊이 끼친 우리네 삶의 골목골목에서 길어낸 곡절의 노래에 자신만의 시적 발화를 입히고 빛을 얻어온 것이다. 1983년 『현대시조』 등단 후의 1988년 부산일보 신춘문예 당선도 그런 열망을 다지는 계기였나 보다. 이후 시인은 꾸준한 창작으로 『대장장이 딸』을 비롯한 5권의 시조집을 펴냈고, 문학상(한국시조시인협회 본상)이나 아르코 문학나눔에 선정되는 등 문학적 평가도 받는다. 하지만 좋은 시인이 그러하듯, 지금까지보다 더 아름다운 정형의 미학을 궁구하며 자신의 노래를 찾아 세상의 그늘 속을 계속 헤쳐 가고 있다.

그중에도 악보에 담지 못한 노래를 위한 탐색은 이번 시조집의 특별한 권역을 보여준다. 그것은 어쩌면 "피나게 배워도 모를 일"이고, 지금도 여전히 "아직 모를 일"(「모를 일」)이라는 탄식도 따르지만, 세상을 더 깊이 살피고 헤아리는 시적 소명의 하나라 하겠다. 보다 더 기울여 생의 면목이며 이면을 짚어야 사람살이 저간의 사정들에 자신이 찾은 시적 발화를 피워내는 오솔길인 까닭이다. 그 길은 삶의 곡절에 따라 생기기 쉬운 "상처도 보석"(「실금」)임을 깨닫는 과정이며, 그때그때 발견한 것들을 정형 구조에 아름답게 정제하는 머나먼 절제의 여정이기도 하다.

＊

김소해 시인의 시적 지향을 압축적으로 보여주는 가편

으로「하지감자」를 들 수 있다. 일찍이 구황작물로 알려진 감자는 서민의 먹거리를 대변해온 고마운 존재다. 그중에도 하지감자에 마음이 더 가는 시인은 땅속에 숨겨진 노래를 캐내고, 그 안팎의 사연을 심도 있게 그려 보인다.

> 악보에 담지 못한 노래가 여기 있네
> 어매의 어매로부터 그늘이 물든 소리
> 내딛는 걸음걸음이
> 그냥 그대로 화음이던
>
> 문자보다 음표보다 먼저 태어난 노래여서
> 아리랑 굽이굽이 일렁이는 마음이던
> 완창도 절창도 아닌
> 시작도 끝도 따로 없던
>
> 감자밭 감자두둑 알이 굵은 까닭이사
> 밭고랑 호미질에 노래가 얹힌 때문
> 가시고 한참 후에도
> 알은 여직 굵어있네
>
> —「하지감자」 전문

얼핏 단순한 듯싶지만「하지감자」는 제목만으로도 호소력이 크다. 감자가 보릿고개 같은 궁핍을 견디며 나누던 시절을 함축하는 까닭이다. 게다가 감자는 심고 캐는 과정에서 여성의 품이 많이 들어가는 밭작물이다. 물론 밭을 갈고 감자를 심을 때는 남성의 노동도 함께하기는 한다. 하지만 감자를 심은 것부터 김매고, 캐고, 식탁에 올리기까지의 과정을 보면 여성과 관련된 점이 더 많다. 그런 특성에 착안한 시인은 하지감자에서 "어매의 어매로부터 그늘이 물든 소리"를 듣고 옮겨본다. 일단 김매기부터 밭을 밀고 다니듯 힘들게 일해 온 어머니들의 노동이 크기 때문이겠다. 그래서 "악보에 담지 못한 노래가 여기 있네"라고 감자의 이면을 발견하는 순간, 어머니들의 긴 노동과 함께 노동의 고됨을 조금이나마 덜어준 노동요까지 연상이 번져갔을 것이다. 상상의 줄기는 다시 "완창도 절창도 아닌/ 시작도 끝도 따로 없던" 어머니들의 한숨 어린 노래로 발굴된다. 땅속에서 줄기를 벋으며 감자알을 실하게 키우는 어둠의 시간에 여성의 노릇을 중첩하니 새로운 의미로 심화하는 것이다. 그래서 감자의 "알이 굵은 까닭이사/ 밭고랑 호미질에 노래가 얹힌 때문"이라는 해석이 나오고, 여성 특유의 "호미질"과 "아리랑 굽이굽이"로 상징되는 노동요까지 불러내게 된다. 하지감자에서 읽어낸 "문자보다 음표보다 먼저 태어난 노래"가 삶의 내력과 어우러지며 새로운 작품으로 거듭나는 것이다. 그러니 이 시조를 전통적 어머니들의 하지감자 같은 인고에 바치는 시적 헌사라 해도 좋으리라.

「하지감자」와 비슷한 인식이나 시적 발견을 보여주는

작품 중에 「길의 순장」이 있다. 유심히 기울여 읽어낸 사람의 생애를 길에 중첩하며 그 궤적을 자연으로 승화한 작품이다.

그 노인 뙈기밭 길과 한 몸이던 거기

기다리던 발소리 산으로 가셨으니

적막에 귀 열어놓고 길도 따라 길을 버린

안타까이 우거지는 쇠뜨기며 패랭이며

조문이듯 위로이듯 순장을 덮어준다

풍장도 마다않아서 산이 되는 비탈길
-「길의 순장」 전문

길은 걸어야 길이다. 앞서간 발자국을 따라 걷다 보면 길이 되는 길의 특성, 그 때문에 첫발의 중요성은 언제나 어디서나 크게 거론됐다. '잘못 든 길이 지도를 만든다'라는 문장의 매혹이나 반향도 그런 길의 본질을 잘 보여준다. 김소해 시인도 길의 본질이며 함의를 익히 알기에 한 노인의 귀소를 빗대본다. 시인은 "뙈기밭 길과 한 몸이던" 노인이 떠나고 발소리도 산으로 따라간 "거기"서 생의 마지막을 다시 보며 마음의 조문을 한다. 시인만 아니라 "쇠뜨기며 패랭이며" 그 길에 함께했던 풀들도 "조문이듯 위로이듯 순장을 덮어준다"라는 대목은 독자의 마음도 따뜻하게 한다. 늘 오가던 노인이 떠난 길은 "길도 따라 버린 길"이 되고, 본래의 자연으로 돌아가는 "풍장"만 남았으니 말 그대로 자연의 순리다. 그렇게 "산이 되는 비탈길"의 "순장"은 지상에서의 마지막을 깊이 헤아리는 시인의 배웅도 받는다. 어떤 길이든 실제로 걸어야 보이는 게 있듯, 거기 서야 비로소 닿는 것들이 있는 법. 일생 순하게 살다가는 생과 함께하다 마지막을 덮어주는 자연의 일을 별다른 수사 없이 담아낸 작품에서 보는 마음도 따라 숙어 든다. 순하게 돌아가는 어느 생의 뒷모습이 순한 여운을 남긴다.

＊

시인은 일상에서 무언가를 찾아 눈과 귀와 가슴을 남보다 더 깊이 여는 사람. 눈이나 귀에 밟히는 게 많아서 감각기관도 더 고달픈 존재다. 하지만 뮤리얼 루카이저 Muriel Rukeyser처럼 나날이 곧 "경험을 들이쉬고, 시를 내쉰다"고 말해야 할 만큼 남달리 들이쉬고 남달리 내쉬어야 사는 감각의 권속이다. 따라서 계절의 변화에도 과하다고 할 정도로 민감한 반응을 보이는데 그런 촉수의 울림과 떨림을 시로 또 내쉬는 것이다. 김소해 시인도 절기에서 느끼는 감각이나 정서가 남다른데, 특히 「처서」에서는 돌올한 촉수를 보여준다.

바람이 길 바꿀 때는 마음에 집 지을 때

해거름 내 안마당 산그늘 짙어온다

곡절曲切에 길을 놓치는가

오던 길 가는 길

까칠하게 모가 서던 억새풀도 숙어지고

날 새자 쓰르라미 저녁 들자 귀뚜라미

씻느라 철썩이는 밤낮

울음 가득 노래 가득

－「처서」 전문

모기 입이 비뚤어진다는 처서. 대부분 기나긴 여름의 폭염 폭우가 끝나는 즈음의 절기라 더 반갑게 맞는다. 입추, 말복보다 처서가 돼야 비로소 가을의 입구에 선뜻 피부에 닿는 바람의 맛이 달라진다. 그런 바람의 향

방이나 감각을 시인은 "바람이 길 바꿀 때는 마음에 집 지을 때"로 읽고 있는데, 그 "마음에 집"이 어떤 집인지는 숨겨둔다. 다만 "해거름 내 안마당"에 짙어 오는 "산그늘"을 통해 어떤 "곡절曲切"을 암시한다. 처서 무렵부터 조금씩 짙어지는 "안마당"의 그늘 중에도 "해거름" 산그늘은 그늘의 채도나 명도의 변화를 섬세하게 짚어내는 묘사다. 그런 바람의 변모에도 필시 곡절은 있을 터. 시인이 "길을 놓치"는 것도 바람과 관련 있을지 모를 일이니, "오던 길"이든 "가는 길"이든 곡절에 따른 집을 지으리라. 이 사연을 그대로 두고 둘째 수에 오면 더 감각적으로 처서를 그리는데, 걸음을 지그시 당기는 음영 짙은 수묵화만 같다. 간명하게 응축된 처서의 표정은 "까칠하게 모가 서던 억새풀도 숙어지고"에서 익어감의 면모를 여실히 그려낸다. "억새풀도 숙어지고"는 곡식이든 사물이든 뭇 존재가 맞이하는 가을의 자세에 대한 비유로 넓어진다. 그다음 구절 "날 새자 쓰르라미 저녁 들자 귀뚜라미"에서는 처서 무렵의 묘사이자 세련된 대구對句로 빼어난 운용을 보여준다. "날 새자/ 저녁 들자"의 시간적 대조에 잘 어울리는 "쓰르라미/ 귀뚜라미"라는 곤충의 대조는 또 얼마나 찰진 말맛을 높이는지. '여름 끝/ 가을 초'의 대비에 딱 맞는 청각적 묘사의 울음소리 맛도 좋지만, 이름 끝에 붙는 '~라미'가 라임 같은 말맛으로 울림의 폭을 만든다. 거기서 절제로 멈춤을 두자, 두 곤충의 소리가 여백에 더 은은히 퍼지는 느낌이다. 그늘 짙어진 안마당의 "울음 가득 노래 가득"을 넘어 가을하늘로 번져갈 서정적 여운을 풀어놓은 것이다.

「처서」가 일상 속의 자연에 대한 감각이 도드라진다면, 자신에 대한 것은 경험에도 성찰이 더 담겨 나타난다. 이는 삶이나 시속에 잘 적응하지 못하는 어수룩한 자신의 모습을 더 많이 발견하고 자주 돌아보는 데서 연유한다. 그런 유의 작품은 다른 시인에게도 많지만, 김소해 시인은 조금 다른 성찰이나 유머를 보여주기도 한다. 특히 「젓가락질이 서툴러서」에서는 함의를 "명시"의 문제로 넓이는 점에서, 「둔하다고 핀잔이다」에서는 세태에 뒤지는 자기 성찰로 깨우는 씁쓸한 웃음이 공감을 이루는 점에서, 더 기울여 읽게 된다.

젓가락질 서툰 나는 밥알을 자주 흘렸다

예의 없이 흘린 밥에 새들이 날아들어

군말을 흘리는 입술

입술만 삼키고

메뉴도 식욕도 없이 새털구름 차린 식탁

거짓 은유 간 맞출 때 명시라고들 하였다

서투른 젓가락질은

여전히 서툴건만
            　－「젓가락질이 서툴러서」 전문

안개비 뱃고동소리 들뜨는 초라니
날궂이 도져서 끄는 대로 따라나선다
먼 곳을 그리워하는
몹쓸 병을 앓으면서

어디든 열려있는 바닷길 푸른 갈기
물너울 흰 포말이 출항을 부추긴다
닻줄을 감아올리는
뱃사람처럼 거친 숨

여비서 AI에게 해답 있나 물어본다
모험이 붐비는 질문, 오답을 내놓고도
날더러 언어 감각이
둔하다고 핀잔이다
            　－「둔하다고 핀잔이다」 전문

　젓가락질은 한국인의 우수성을 거론할 때 자주 운위되
는 특성의 증좌다. 손으로 하는 섬세한 작업의 뛰어남은
"젓가락질" 그것도 가느다란 쇠젓가락질 전통이 DNA로

이어진 귀결이라고 밝혀진다. 그런데 젓가락질이 더 서투른 젊은 세대도 아닌 시인(젓가락으로 콩알쯤은 쉽게 집을 만한 1947년생)이 일찍부터 서툴렀던 젓가락질 경험은 의외의 고백인 셈이다. 거기서 머물면 일상의 불편한 토로에 그쳤을 것을 시인은 다른 세계로 비유를 넓혀본다. 밥상의 젓가락질을 시적 젓가락질로 옮기며 자연스럽게 쓰기의 세계로 심화하는 것이다. 첫째 수에서 자주 밥알을 흘린 경험을 "군말을 흘리는 입술// 입술만 삼키고"로 여지를 두고, 둘째 수에 불러낸 "거짓 은유 간 맞출 때 명시라고들 하였다"라는 문장은 뒤통수를 치는 섬뜩한 느낌마저 든다. "거짓 은유"와 "명시"라는 역설적 상황으로 풍자 혹은 비꼼 같은 심사를 담아내는 것이다. 시인이 설마 "거짓 은유"로 간을 맞췄을까만, 그 앞의 "메뉴도 식욕도 없이 새털구름 차린 식탁"이 문제라면 문제일 테다. 거기서 비롯된 억지로 쓰기와 그와 상반되는 "명시" 운운의 상황이 낳은 자괴감이라고 끄덕이다 보면, "명시라고들 하였다"에 되비춰지는 심정이 또 역설적이다. 요즘 시인들이 '주문제작 시'라는 말을 종종 하는데, 자발적 시상의 발상은 지난 시절 얘기고 청탁이 와야 쓰고 그것도 마감이 닥쳐야 써낸다는 것이다. 그런 세태의 환기보다 시인은 여전히 서툰 자신의 젓가락질을 반성적으로 되짚는 것으로 시적 공명을 이루지만.

일상에서 둔하다는 핀잔을 들으면 누구든 기분이 상할 것이다. 그런데 그 핀잔의 주체가 "여비서 AI"라니, 일단 기분은 좀 나을 듯싶은데 생각하면 더 나빠질 수도 있는 상황이다. 기계한테 핀잔을 듣다니 말이 되나 핏대 세울 일이지만, 현실은 그런 상황이 점점 잦아지는 형국이니 말이다. 아무려나 시인은 "날궂이 도져서 끄는 대로 따라" 나서는 사람, 일찍부터 하릴없이 "먼 곳을 그리워하는/ 몹쓸 병을 앓"다가 무슨 "해답이 있나" 물어본 것이다. 실은 해답이 있을 리 없는 시적 고질痼疾 같은 병이니 제아무리 잘난 AI인들 신통한 답을 내놓을 리 만무하다. 그냥 물어보는 것인데 겨우 "오답을 내놓"은 AI에게 "둔하다고 핀잔이"나 받은 시인. 그것도 "언어 감각이/ 둔하다"고 시인에게는 더 치명적인 핀잔을 함부로 쏘다니! 괜히 물어본 시인으로서는 참으로 기막히고 어이없었을 고백은 슬며시 웃음을 물게 한다. 키오스크 앞에서 절절매는 나이 든 세대로서는 너무 빨리 변하는 세상 탓하기에도 지치니, 여러모로 씁쓸한 뒷맛을 되씹게 하는 작품이다.

*

　이번 시조집에는 김소해 시인이 기울여온 특정 장소나 이웃에 대한 시편도 꽤 보인다. 고향 산천이나 꽃 혹은 나무에 대한 시편은 지나온 시공간이나 근원에의 그리움으로 집약되기도 한다. 시인이 살았던 고장이나 옮겨와서 살고 있는 동네에 대한 애정은 그곳 사람살이에 대한 관심과 그리움으로 발현된다. 특히 자신의 고향인 남해 시편에는 애정 어린 그리움을 따라 뚝뚝 묻어나는 아름다움을 만날 수 있다. 그곳은 "물너울 동이 트는 만발한 저 웃음들/ 마늘밭 시금치밭 겨울마저 진초록/ 이마가 맑은 사람들 꽃섬 가꾸며 살고 있다"(「남해」)니, 갈수록 더 그리울 수밖에 없지 않겠는가.

그곳에서의 한때를 그리는 시편 중에 「산나리꽃」은 꽃과 소녀의 시간을 말갛게 데려온다.

새가 되려 했던 꽃이 있다면 믿을까요

고향에선 날아가는 새, 비새라 불렀으니

갈래 진 꽃잎을 보면 날아갈 듯 날개지요

주근깨 점점 박혀 날기에 흠이라면 흠

이보다 더 붉을 수 없는 마음은 붉어서

너, 나랑 뒤란에 앉아 고개 숙여 피던 꽃

– 「산나리꽃」 전문

시인이 살던 곳에서는 "산나리꽃"을 "날아가는 새, 비새라 불렀"나 보다. 그 기억을 따라가 보면 청순한 산나리꽃에 어울리는 소녀들의 꿈과 자연스레 만나게 된다. "날아갈 듯 날개"라고 그려낸 "갈래 진 꽃잎"은 소녀들의 갈래머리 모양의 환기이자 날고 싶은 꿈의 연상으로 전이된다. 시인이 보기에 "주근깨 점점 박혀 날기에 흠이라면 흠"을 지닌 꽃이지만 "이보다 더 붉을 수 없는 마음"이 붉은 꽃이기도 하니, 자신들의 모습이며 열정의 비유에도 잘 어울리는 대상이겠다. 이는 마지막에 "너, 나랑 뒤란에 앉아 고개 숙여 피던 꽃"이라는 응축과 중첩을 통해 심화된다. 돌아보면 "뒤란"은 산나리꽃의 공간이자 여자의 공간으로 맞춤한 곳이긴 하다. 그런데 왜 "고개 숙여 피던 꽃"의 모습으로 더 각인됐을까. 산나리꽃 자체의 모습이 숙여 피니 그렇다지만, 소녀들은 뭔가 이루기 어려운 꿈에 미리 눌린 모습으로 고개 숙여 지나온 시절을 비유한 것일까. 모습의 유사성 포착에서 특성의 포섭으로 꽃과 소녀의 심화되는 비유를 보여주는 대목이다.

다음 시편도 일상의 무엇이 됐든 시와 연결하게 되는 시인의 쓰기 자세를 엿볼 수 있는 작품이다.

> 휘파람 부는 일은 귀신을 부른다며
>
> 아재를 나무라시던 어린 시절 할머니
>
> 그 말씀 맞긴 맞는갑다

신내림 없어 시 안 되는

휘파람 불 줄 몰라 귀신도 아니 오고

시 마중 길목 찾아 달밤을 쏘대는데…

몹쓸 짓, 쏘댄다고 오나

달빛만 축내지

– 「달빛만 축내지」 전문

시인의 어매가 팔던 생선 함지 앞에서

돌아올 찻삯만 남기고 노을을 지불했다

젖은 몸 말린 값으로

금화 열 냥 후한 노을

– 「삼천포」 부분

위 시조들은 시인의 삶에 깊이 들어와 있는 시적 고뇌의 여정을 잘 보여준다. 어린 시절에 들었던 "휘파람 부는 일은 귀신을 부른다며/ 아재를 나무라던" 할머니의

말씀에서조차 "신내림 없어 시 안 되는" 자신의 현재를 짚으니 말이다. 얼마나 사무치게 시를 찾아 헤맸으면 "시 마중 길목 찾아 달밤을 쏘대"며 귀신이라도 불러보고 싶을까. 그렇게 간절한 마음에도 시는 쉽게 오지 않으니 "달빛만 축내지"라고 자신을 탓하는 시인의 고심이 보이는 듯하다. 그러면서도 슬며시 웃음을 물게 되는데 시인이 그런다고 달빛이 축날 리는 없기 때문이다. 괜한 소리라도 덧붙이며 자탄을 물리듯 시쳇말로 '달밤의 체조' 같은 "쏘대"기를 접는 과정은 두루 공감할 창작의 고투를 담고 있다. 이와 비슷한 심정과 여정은 「삼천포」에서도 보여준다. 삼천포라면 알 만한 사람은 다 아는 박재삼 시인의 고향이다. 그래서 "시인의 어매"는 먼저 박재삼 시인을 연상케 하는데, 시인 자신의 어매라도 상관없어서 오히려 중의적으로 닿는다. 그보다 행간에 맺히는 것은 "시인의 어매가 팔던 생선 함지 앞"을 지나칠 수 없어 지갑을 탈탈 털어 "돌아올 찻삯만 남기고 노을을 지불했다"라는 시인의 마음이다. 어느 시인이 떠오르는 곳에서는 그것만으로도 지불하고 싶은 노을이 있으니, "금화 열 냥" 이상이어도 좋은 "후한 노을" 또한 시인을 기리는 시인의 마음이리라.

*

시인의 먼 탐색이 담긴 시적 여정을 깨우는 작품은 독

자도 오래 당긴다. 많은 시인이 혼자 가만히 뇔 법한 탄식의 순간과 무언의 행간 등이 더 많은 말을 건네는 까닭이다. 그렇게 악보에 싣지 못하고 무음으로 간소하게 응축한 시편이 공감으로 깊어지고 넓어지는 것은 간명한 구조를 살리는 매력이다.

그렇듯 작품에 깊이 머물게 하는 흡입력에는 여러 요소가 있지만, 김소해 시인의 경우에는 고백의 응축이 크게 기여하는 듯하다. 얼핏 보면 간명한 소묘 같은 구조인데 볼수록 시적 농축이며 깊이의 문양이 달리 번지는 것이다. 그런 작품 중에 「찔레꽃 명당」은 김소해 시인의 무수한 속말과 속생각을 담아두고 발효시키는 시적 '명당'이 아닐까 싶다. 평범한 '봄밤'의 소회라기엔 아주 긴 시간이 담겨 있고, 바람에도 "필생"의 바람[願]이 함축돼 있기 때문이다.

보름의 달밤인데 찔레의 봄밤인데

늦도록 늦은 밤 나는 아직 길에 있네

몰라라, 얼마나 멀리

언제 그렇게, 그러게

시냇가라 했던가 바닷가 어디쯤

정자 하나 짓겠다고 필생을 다 놓치네

바람도 잠들지 못 한 길

서너 백년 기다릴게

-「찔레꽃 명당」 전문

　머나먼 시적 탐색과 고단한 여정이 짚이는 작품이다. 그냥 평범한 '봄밤'의 소회라기엔 아주 긴 시간이 담겨 있고, 깊은 함의인 "필생"의 바람이 담보된 까닭이다. "찔레의 봄밤"인데, 그것도 "늦도록 늦은 밤"인데, 왜 "나는 아직 길에 있네"라는 탄식이 터지는가. 무엇을 그토록 찾아 나섰고, "얼마나 멀리" 왔는지, 길게 돌아본 후 나직이 뇌는 말은 "몰라라"다. 그 한숨 실린 탄식을 오롯이 받아든 게 둘째 수의 "정자", 시인이 평생 찾던 무엇 곧 시의 은유라 할 것이다. 이보다 큰 의미의 이상향 혹은 영혼의 처소로 볼 수도 있지만, 시인의 입장에 유념해 보면 필생 찾아 헤매는 최상의 시적 거처일 가능성이 크다. 흔히 '산 좋고 물 좋고 정자 좋은 데 없다'고 일러온 말 즉 다 좋을 순 없다는 인생의 깨달음보다 시적 추구와의 연결을 환기하는 시인의 여정 때문이다. 그렇게 보면 "정자 하나 짓겠다고 필생을 다 놓치네"라는 문장의 공명도 시적 울림이 더 깊어진다. 현실 속의 정자야 마음만 먹으면 지을 수 있지만, 정자를 "필생"의 시적 궁극으로 치면 얼마나 멀고 높은 거처인가. 그래서 "바람도 잠들지 못한 길// 서너 백년 기다릴게"의 여운 또한 더 길고 깊어지는 것이다.

이처럼 좋은 시편에 목을 매듯 찾고 기다리고 골몰하는 마음은 때로 일을 내기도 한다. "세 줄짜리 시 쓰느라 냄비를 태워버렸네// 공들기로 치자면 석 줄이나 열 줄이나// 아무리// 헐하더라도// 냄비값은 되려나?"(「이것!」) 이런 정도의 몰입이 바라는 작품에 고료까지 나온다면 그 얼마나 좋을까만, 글값이 대부분 헐값인 판이니 "냄비값"도 고급에는 턱없는 값일 테다. 하지만 절창만 얻는다면 무슨 값이 대수이랴. 비록 냄비는 태웠지만, 단수 한 편을 얻었으니 시인도 웃어넘길 다행으로 여긴 후편이 아닐는지. 무릇 쓰는 자라면 웃을 수만은 없는, 이 콩트 같은 소회 역시 쓰기의 자세를 일깨운다.

여기서 문득문득 되짚는 말을 다시 꺼내 본다. "자기창조와 재창조는 모방한 형식과 새로운 형식 사이의 투쟁"에서 나오는 것, 특히 "자동성에 굴복 말아야"(파스칼 브쿼르네르) 한다는 전언을 깊이 새겨본다. 시조라는 정형성의 조건이 자칫 자동성에의 굴복 같은 안주로 이어질 우려를 지닌 까닭이다. 쇄신의 명제가 더 어려운 정형의 미적 쇄신, 그것은 한 권의 시조집을 뮤을 때마다 더 크게 더 많이 보인다. 이전의 시조집에서 얼마나 새

롭게 깊어지거나 넓어지거나 나아가고 있는가. 그런 질문이 끝까지 자신을 괴롭히며 다음 여정을 일깨우는 것이다.

『서너 백년 기다릴게』는 그런 고뇌 어린 여정에서 길어낸 김소해 시인의 가편들을 더욱더 깊이 보여주는 시조집이다. 이 글에서는 주로 악보에 담지 못한 노래들이나 그늘이 물든 소리의 뒤를 따라 거닐며 시인의 발견과 발화를 함께 즐겼다. 하지만 이런 작품보다 더 풍성한 시인의 모색과 발화가 있으니, 그런 편마다 많은 기울임이 이루어지길 기대한다. 깊숙이 귀 기울이는 가슴들과 더불어 더 그윽한 울림이 이어지길.

황금알 시인선